The book of dream-colored

# ゆめいろのほん

蒲生 貴弘
Takahiro Gamo

文芸社

目次

本文イラスト　蒲生　真希

# ゆめいろのほん

# 星の約束

ぼくは、まってる。
なにかを、
そして
なにかを。

まもらなきゃ。
つたえなきゃ。
ぼくのことばを。

おぼえていてね。
ぼくの、やくそくを。

# 百年の満月

まるい、おつきさま。

いつもいるのに、かくれてる。
いないときでも、みつめてる。

ほしは、だれかのつきになる。
つきは、なにになれるの。

つきは、ほしになれるかな。
つきは、たいようになれるかな。
つきは、かぜになれるかな。

おおきな、おつきさま。

# 小さい宇宙

うちゅうって、ちっちゃいね。
ぼくたちが、
いきていけるんだから。

うちゅうって、ちっちゃいね。
あんなにおおきな、おつきさま。
ぼくたちは、ちっちゃいね。
あんなにおおきな、おほしさま。

きみは、ちいさいね。
ぼくだって、ちいさいよ。

# 十二月の恋人

ゆきがふるまち、みつめてる。
みんなぼくらをみつめてる。

がらすのように、きらきらしてる。
あたらしいゆき、ふりつもったゆき。

みんななかよくくらそうよ。
ふゆでいちばん、きれいなきせつ。

いつまでも、いつまでも。
こんなじかんがつづくといいな。

# 蒼い空に

すきとおった、
あおいそら。
いつまでも、いつまでも。
まっしろい、
くもりぞら。
どこまでも、どこまでも。
いろんないろの、
あめのいろ。

ここへきて、あいにきて。
かぜのようにゆらめいて。
くものように、かけぬけて。

# ほしがり

ほしのかけらが、きえていく。
あかるさが、きえていく。

ぼくのこころが、かけていく。
おつきさまも、かけていく。

たいようのひかりが、ひいていく。
まぶしいかわが、ひいていく。

だれがぼくらをけしてくの。
ぼくは、まだきえたくなんかないよ。

それでもなにかを、けしていく。
たのしそうに、うれしそうに。
かげさえも、けしていく。

# 砂の扉

さらさらと、とけていく。
どこまでも、
どこまでも。

かぎは、
すなのなか。

とびらだって、
すなのなか。

とけてゆく、すな。
さらさら、してる。

# 太陽は眠っている

ぐっすりねむったおひさまに、
はたらきはじめたおつきさま。

はたらきつづけるおつきさま。
おひさまはねむりつづけてる。

はやくあかるくしてあげなくちゃ。
ことりがおひさまおこしてあげる。

ことりのなきごえきこえたおひさま、
ねむりはじめる、おつきさま。

# 遠い音楽

きみのおんがくってなあに。

ぼくにだって、
おんがくがある。

ぴあのだけが、
がっきじゃないように。

ひとだけが、
いきものじゃないように。

みんながだいすきな、
みんなのおんがく。

きみだって、うたってる。
きみのおんがくってなあに。

# 休まない翼

ぼくは、きみのはね。
きみだけの、つばさ。

ぼくはきみになれないけれど、
きみがたびしたばしょ、
きみがあったひとたち、
きみのおもいでのすべてをおぼえてる。

ぼくはきみじゃないけれど、
きみのきらいなもの、
きみのきずついたばしょ、
きみのこころのすべてがきこえる。

ぼくは、
いつまでも、つばさ。
いつまでも、きみのはね。

※十勝毎日新聞社『なんでも広場』投稿

# 雨の音が聞こえる

しずくが、しずくだけになったとき。
しずくが、みずにかわる。

しずくが、たくさんになったとき。
しずくが、あめにみえる。

しずくが、みえなくなったとき。
しずくは、かわになっていく。

うみのしらべ。
しずくには、きこえない。

# 鍵穴と迷路

まよいつづけた、きみだけの。
あたらしいみち、すてきなあした。

まよわずえらんだ、きみだけの。
わくわくするみち、すてきなあした。

いつまでまよえば、どこいくの。
そんなことなんか、わすれちゃえ。

どこかをえらぶ、きみだけに、
とくべつなみち、すてきなあした。

# 光の庭で

あわいひかり。
まぶしいひかり。
ひのひかり。

たくさんのひかり。

いっしょになっても、
あかるくならない。

ぼくがいなきゃ。
そして、きみのこころが。

いっしょに、ともそう。
かぜのろうそく。

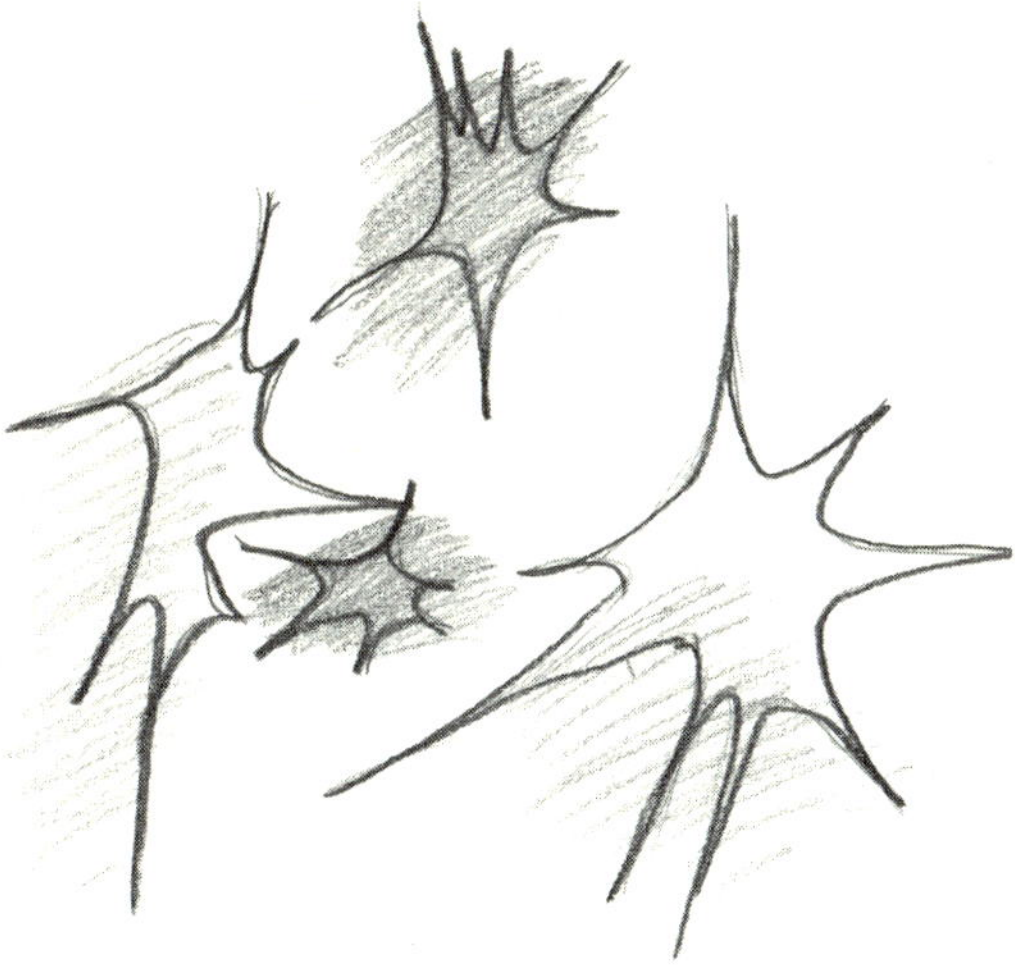

# 蝶

ゆらめくいろと、かぜのゆめ。
どこまでも、はばたいて。

そらをじめんにちかづけた、
だれかがぼくにくれたもの。

こころはきみにおもすぎて、
からだはぼくにかるすぎる。

そらがあたえた、ときのまぼろし。

ゆらめいたいろ、くすんでく。
かぜはだれかに、さらわれて。

ぼくはこのまま、きえてゆく。

# 静かに窓を開けよう

ぴかぴかの、まど。
そっと、ひらいてみる。

かぜのはなしが、
くものおしゃべりが、
もりのうたごえが。

そっと、きこえてくる。
そんなこえが、すき。

とりのめがみえる。
そっと、よびかける。

こんにちは。

# 宝物を探しに

さがそうよ、きみのため。
みつけようよ、ぼくのため。

いまのままじゃあ、みえないよ。
ここじゃみえない、どこかなんだもの。

いまのままじゃあ、みつからないよ。
たどりつけなかった、どこかなんだもの。

だからふたりで、さがそうよ。
だからふたりで、みつけよう。

いつもどこへもいかないけれど、
いつもなにかをさがしてる。
いつもどこにもいないんだけど、
いつもなにかをみつめてる。
たったひとつの、さがしもの。

# 砂煙りのまち

すなのかけらが、まいおどる。
こころのかげを、みつめてる。

それは、ぼくのきもち。
そして、きみのこころ。

いつかかげは、きえていく。
こころがすべて、かけていく。

それが、ぼくのふうけいのおく。
そこが、きみのおもいでのなか。

すなのかけらが、まいおどる。
こころがきえた、まちのなか。
そこに、ぼくはたっている。
そこは、きみのいないばしょ。

ざらざらしてるまちのなか。
すなのかけらが、まいおどる。

# 点灯夫

ぼくは、ひをともす。
きえちゃったろうそくに。
あきらめちゃったゆめに。

ぼくは、ひをけしていく。
ごうごうともえる、ほのお。
すみのような、じょうねつ。

ぼくは、あかりをもらえない。
どんなにみちがくらくても。
さきがみえなくても。

ぼくは、ひをともす。
ともしたひは、きえていく。
そんなに、あかるいの。

# 観覧車

ゆめがのってる、かんらんしゃ。
どこまでだって、のぼってく。

ここからみえる、きみのゆめ。
あそこからみえる、ぼくのゆめ。

ひとまわりだけでおわるけど、
いつまでだって、まわってる。

ぼくたちだけの、かんらんしゃ。
こどもたちのゆめ、
おとなのゆめが、
おおきくおおきく、まわってる。

つきにのぼってくぼくのゆめ。
たかくたかく、とんでいけ。

# 悲しい夢なんか見ない

なきたいことがあったとき、
いってごらんよあのばしょに。

かなしいことがあったとき、
たびしてごらんあのばしょに。

いつかおもいだす、かなしいことも。
いつのまにか、わすれたゆめも。

だからごらんよ、あのばしょを。
みつけてごらん、あのばしょを。
いつもえがおの、きみのため。

# 歩きたくなる径《みち》

ぼくは、ここから。
きみは、とおくから。
おんなじばしょで、
おんなじすがたを、みつめてる。

ちがうきみ。
まちがえたぼく。
おんなじみちで、
あるいてる。

# 月のない空

そらは、しろい。
まっしろ。

すこし、くらくなる。
はいいろ。

もっと、くらくなった。
まっくろ。

くらい、くらい、おおぞら。

こんなに、くらかったかな。
まっくら。

くろって、あかるいかな。

# なかなおわらないうた

くらくたって、
とおくたって、
どんなときだって、
きこえるよ。

ぼくのこえが、きこえるよ。

いつだって、
どこだって、
みみをすませば、
きこえるよ。

きみのうたが、きこえるよ。

いつまでも、
そして、
どこまででも、きこえるよ。

# 同じ海の色

ぼくのめに、うつるもの。
あおくて、みどりいろ。

きみのめにも、うつるかな。
あお、そしてみどりいろ。

とってもきれいなうみのいろ。
ぼくにだって、きみにだって。

おなじいろ、うつるといいな。
ぼくのひとみと、
きみのきれいないろのめに。

# 扉

どあを、あけよう。
とびらを、あけてしまおう。

ぼくは、かわってく。
つぎのとびらをさがして。

ぼくが、かわっていく。
つぎのとびらをさがして。

ぼくのとびらは、
かわっていく。

# 散歩道

ただのとおりみちだって、
すごくきれい。

おれんじにだって、
むらさきにだって。

よるは、おほしさま。

ゆうがたは、おひさまがきれい。

ひるまにみえるつきだって、
きがだいすきなあめだって、
みちばたの、ざっそうだって。

みんなみんな、すごくきれい。

# 銀のしらせ

しずむゆうひがのこしていった、
ぎんいろのかけら、きんのあめ。
ぼくたちのうえ、ふりそそぐ。

あけたあさひがのこしていった、
しろいろのあかり、とうめいなゆめ。
ぼくたちのなか、ながれてる。

くぐったとびらをかけぬけた、
そらいろのかぜ、つちのこえ。
ぼくたちになにか、もとめてる。

郵便はがき

恐縮ですが
切手を貼っ
てお出しく
ださい

160-0022

東京都新宿区
新宿1－10－1

(株) 文芸社

ご愛読者カード係行

| | | | |
|---|---|---|---|
| 書　名 | | | |
| お買上<br>書店名 | 都道府県　　市区郡　　　書店 | | |
| ふりがな<br>お名前 | | 明治<br>大正<br>昭和　　年生　　歳 | |
| ふりがな<br>ご住所 | □□□-□□□□ | 性別<br>男・女 | |
| お電話<br>番　号 | （書籍ご注文の際に必要です） | ご職業 | |

お買い求めの動機

1. 書店店頭で見て　2. 小社の目録を見て　3. 人にすすめられて
4. 新聞広告、雑誌記事、書評を見て（新聞、雑誌名　　　　　）

上の質問に1.と答えられた方の直接的な動機

1.タイトル　2.著者　3.目次　4.カバーデザイン　5.帯　6.その他（　　　）

| | |
|---|---|
| ご購読新聞　　　　新聞 | ご購読雑誌 |

文芸社の本をお買い求めいただき誠にありがとうございます。
この愛読者カードは今後の小社出版の企画およびイベント等の資料として役立たせていただきます。

本書についてのご意見、ご感想をお聞かせください。

① 内容について

② カバー、タイトルについて

今後、とりあげてほしいテーマを掲げてください。

最近読んでおもしろかった本と、その理由をお聞かせください。

ご自分の研究成果やお考えを出版してみたいというお気持ちはありますか。

ある　　ない　　内容・テーマ（　　　　　　　　）

「ある」場合、小社から出版のご案内を希望されますか。

する　　しない

ご協力ありがとうございました。

〈ブックサービスのご案内〉

小社では、書籍の直接販売を料金着払いの宅急便サービスにて承っております。ご購入希望がございましたら下の欄に書名と冊数をお書きの上ご返送ください。(送料1回210円)

| ご注文書名 | 冊数 | ご注文書名 | 冊数 |
|---|---|---|---|
| | 冊 | | 冊 |
| | 冊 | | 冊 |

きょうはぼくらをみつめても、
あしたはどこかへ、きえていく。
あしたはあえないものたちに、
ぼくたちのきぼう、きみのあしあと。

# 永遠《とき》の森

いつもきみたちをながめてる。
いつもきみたちをまってるよ。

きみがみている、ゆめたちに。
きみたちがいる、まぼろしたちに。

いつでもぼくは、そこにいる。
いつかぼくたちも、きえていく。

いつかそのまえにここへきて。
ぼくらをこのままにしていかないで。

だけどぼくたちはいなくなる。
なにかをきみに、のこしてね。

だからぼくたちにあいにきて。
だからぼくたちとともだちになって。

ぼくがきえていく、そのまえに。

# 海を見に行く

うみべに、すわる。

しおのかおりが、きこえる。
なみのこえが、きこえる。
かいがらのこころが、きこえる。

うみがみえる。

たいようが、ひかってる。
わたいろのくもが、あそんでる。
まっしろなつきが、ながめてる。
なにかを、さがす。

ながれぼしが、かすれてく。
にじいろのあめが、ながれてく。
ほしぞらが、まっている。

すべての、ふうけい。
すべてが、ふうけい。

うみ。

# 虹の橋

やさしい、はし。

どんなにみずがあふれても。
どんなにみずがかなしくても。

いつもはしはかかってる。
いつもなにかをまもってる。

きみはぼくをまっている。
きみはぼくをみつめてる。

きみにぼくはまもられてる。
ぼくは、きみにながれてく。

やわらかな、はし。

# 新しい風

ぼくは、とんでいく。
ひこうきのように、とりのように。

ぼくは、ういている。
くものように、ただよって。

ぼくは、ながれてく。
かわのながれにのって。

どこかで、いつか。
ぼくにあうことがあったら。

みみをすませてほしい。
きっと、かぜになれる。

だれかが、ぼくをよんでいる。
ぼくはまた、かぜになる。

いつまでも。

# 月の瞳

おつきさまは、みているよ。
きみのつらいとおもったことも、
きみがしてあげたやさしいことも。

いつだって、みているよ。
くもでみえないときだって、
ひかりでまぶしいときだって。

だからいつかおしえてくれるよ。
きみがすきなできごとだって、
きみをだいすきなことだって。
おつきさまは、しってるよ。

# 遠い国の友達

いつでもあえる。
きみが、あいたいとおもったら。
いつでもあえるよ。
ぼくが、あいにきてあげる。
いつだって、あえるんだ。
だから、なかないで。
ぼく、そして、きみ。
いつだって、いっしょだよ。

# 白い紙と鉛筆

ぜんぶここからくるんだよ。

ぼくたちのすきなおもちゃ、
ひとやすみするこうえん、
とおくできこえるこえだって。

ぼくたちはここからくるんだよ。

まっしろいそらのなか、
しとしときれいなあまつぶも、
ちょっとこわいけどかみなりだって。

せかいはみんなまっしろいんだ。
そこでぼくたちはえんぴつになるの。
こころがえがいた、まっしろのちず。

# 満ち潮の夜

なみだけじゃ、たりないとき。
ほしだけじゃ、みえないとき。
なにかを、まってみる。
すべてが、こころになっていく。

つきだけじゃ、さびしいとき。
たいようが、かくれたとき。
なにかを、まってみる。
かぜが、わたしをうたってくれる。

わたしが、まよってるとき。
わたしが、とまどったとき。
なにかが、わたしになる。
わたしは、ぼくにだってなれる。

わたしは、わたし。
だけど、わたし。

# 光降る朝

かがやいて、きみ。
ぴあののねいろみたいに。
たちどまって、きみ。
ゆらめくかげろうのように。
あるきだして、
きづいた。
みんなが。
やさしい。

どこまでも、みち。
やさしい、みち。

# 失われし者たちへ

ぼくはうたう。
いろんなひとたちに。
ぼくはかたりかける。
かなしいってないてるひとたちに。

ぼくのうた、
そしてことばが、
なみだをかわかしていく。

ぼくは、なんのためになくことができるの。

かなしくてもなけないひとたちに、
ぼくは、ことばをおくる。

ぼくのなみだは、かわかない。
ながれてくかなしいきもち。

すべての、ひとたちに。
すべての、かなしさに。

ぼくと、ぼくのなみだを。

# 明日を抱きしめて

きのうのどじも、しっぱいも。
ぜんぶわすれて、きょうをあそばう。

きょうのまちがいも、てちがいも。
ぜんぶながして、あしたをえらぼう。

あしたはきょうよりいいひだよ。
きょうはきのうよりきっといい。

なやんでないで、たのしもう。
いつまでだって、いいひだよ。

# 夏を見渡す部屋

まぶしい、おひさま。
すこしずつ、とおくなる。
おひさまは、きえないよ。
わかってるけど、さみしいな。
もういちど、あうときは。
おひさまは、あたたかい。

# 天使に近い夢

おまつりのひかりはね、
ようせいさんのひかり。

おまつりのおどりはね、
おつきさまとおどっているの。

おまつりって、たのしいよ。
ようせいさんも、でておいで。

おまつりって、わくわくするよ。
おつきさまも、うたおうよ。

きょうだけは、とくべつなの。
たのしいたのしい、おまつりのひ。

# 夕陽のとりこ

ゆうぐれのそら、ゆめのあと。
さみしくのこった、かげたちと。

ぼくがのこした、ゆめのあと。
たのしそうだった、かけらたち。

ゆうひがきえて、うすくなる。
きのうのおもいで、なかまたち。

ぼくのあしたは、ゆうひにあるの。
ぼくのあさっても、そこにある。

あたらしいゆうぐれ、きのうのゆうひ。
ぼくはいつも、あしたのゆうがた。

# 豊穣の雨

みずたまりからふるあめと、
くもにむかってながれるかぜに、
ありがとうっていいたいな。

そらをみあげて、つきをみて。
どんなにきれいなつきだって、
きみがぼくたちにくれたもの。

いつかぼくらもきみのため、
おんがえし、してあげたいな。

ぼくらもいつかきみのように、
だれかになにか、あげたいな。

きれいなあめの、きれいなこころ。
ぼくはいつまでもみてたいな。

# 硝子の森

とじこめられた、もりのなか。
とおくにみえる、すなどけい。

さらさらきえてく、ぼくのかげ。
きらきらしてる、すなどけい。

ちかくできこえる、きれいなうたごえ。
ぼくにはみえない、すなどけい。

かぜがながれた、もりのなか。
なにもみえない、きこえない。

あとにのこった、すなどけい。
すなもこころも、とじこめて。

# 二月の丘

ここに、ぼくはいない。

ぼくが、かえるところ。
かなしみがかえるところ。
ぼくは、かなしくなんかないよ。
だから、かえらないの。
ぼくはたびをするの。
どこまでも、たびをするの。
だから、かえらないよ。

ぼくは、えがおだよ。
だから、かえってこないよ。
なかないで。

# あかり

ぼくがくらいと、あかるいひとがいる。
ぼくは、くらくてもいいよ。
きみに、あかるくなってほしいから。

ぼくがあかるいと、くらいひともいる。
ぼくは、あかるくてもいいなあ。
くらいきみを、あかるくしてあげるから。

きみ、くらいのがこわいの。
ぼくも、ちょっとだけ。

あかるいといいね。

# 私は羊

めえめえ、ひつじ。
ひつじはなんでもしってるよ。

どうしてそらがおっきいか、
どうしてよるはくらいのか。

だけどひつじの、ひみつなの。
ぼくたちにだけおしえてくれた。

だからぼくたちも、ひみつなの。

# 鞦韆《ぶらんこ》

ゆれるおもちゃをみつめてて、
なにかなつかしくかんじたよ。

ぼくのしらないふうけいと、
ぼくがわすれたひとびとを、
いつのまにか、みつめてた。

くれるこうえんながめてて、
とてもふしぎにおもったよ。

きみがおぼえたけしきのいろと、
きみがゆめでみたそらのいろ、
いつまでだって、おぼえてる。

みんなをみつめるおおきなぶらんこ。
みんなのことをおぼえてる。
みんなはきっと、ここへくる。

# 朝

いてつくよるにみえたもの、
さむさにふるえる、
たいようのひかり。

かけらがちらばる、
ほしのひかり。

ぼくにどこかにているね。
さむいとなげいたおひさまが。
ぼくのかげがきえていく。
あかりがついて、あさになる。

おひさまとぼく、
きみのところに。
さむくなんか、もうないよ。

# 夜の彷徨

まっくらなそらと、うみのはて。
なにかがきえた、なれのはて。

こえだって、きこえない。
きみのすがたも、みえないよ。

いてつくのはらの、いきつくところ。
つめたさのこる、なれのはて。

はりつくゆめも、はがされて。
うかぶきぼうは、こおりつく。

すべてがみえた、おかのはて。
ゆがんだまぼろし、もやされて。
なにかがきえて、みえるばしょ。
かげしかいない、くらいばしょ。

# 街角・影法師

さみしそうなかげたちが、
よるになって、おどりだす。
きれいなほしぞら、あびながら。
みんなたのしく、うたってる。

きみもちかくで、みてごらん。
そっとちかづいて、はなしてごらん。
かげはみんな、やさしいよ。
みんなのかなしさ、しってるからね。

かげはみんな、あかるいよ。
みんなくらいのが、こわいから。

そっとそっと、のぞいてごらん。
ひみつでないしょの、かげのおまつり。

# 蓮の花

みずにうかんだ、きれいなおはな。
みちゆくひとを、みつめてる。

いそがしそうなひとたちも。
おさんぽしてるどうぶつたちも。

みんなとまって、ながめてる。
きれいにさいた、みずのはなびら。

だれだって、ここにくる。
みずのなか、はなびらのおく。

きれいなおはなは、みつめてる。
だれもがみずを、ながめてる。

# かえりみち

ながいながい、かえりみち。
いつもどこかにつづいてる。

どこまでも、どこまでだってつづいてる。

とってもみじかい、かえりみち。
いつもいるばしょにつづいてる。

いつまでも、いつまでだってつづいてる。

あさひがたどる、かえりみち。
ゆうやみかえる、もどりみち。

みんなでとおった、かえりみち。
みんないなくても、かえりみち。

# 僕の贈り物

いつかきみがくれたもの。
すっごくうれしいおくりもの。

ぼくがあなたにあげるもの。
なによりきれいなおくりもの。

あなたがだれかにあげたもの。
とってもすてきなおくりもの。

いつかだれかにあったとき。
そのひとにあげるよおくりもの。

もらうととても、うれしいね。

# あとがき

僕は『こども』です。
まだ若輩者にすら届かない『こども』だ、と思っています。

でも。
どれだけ永く生きた人とも違う人生を生きています。

『ひと』の数だけ『人生』があって、
みんな楽しかったり、苦しんだりしながら、
日々を「生きて」います。

その中で僕は、『こども』でいたい。
どれだけ歳をとっても『こども』でいたいんです。

いつまでも喧嘩している人たちや、
何かに怯え、怖がっている人たちに、
僕みたいな『こども』の言葉を聞いて欲しい。
そして、考えて欲しい。

そんな僕の想いを込めて、この詩集をお届けします。
この本を読んだ『あなた』が、僕の『詩』を好きになってくれますように。

それでは、何かとお世話になった方々にお礼を。

最初に詩を見てくれた編集部の有吉さん。
この詩集はそこから始まりました。感謝してます。

そして担当の武田さん。
こちらの無茶を色々と聞いていただき、ありがとうございました。

この詩集を読んでくれた最初の読者、妹へ。
手加減無しの批評をどうもありがとう（笑）。お礼の品とか期待しないように（笑）。

祖父母、両親へ。
僕がこうやって詩を書けるのもあなた達のおかげです。言葉にならないぐらいの感謝を。

この詩集を全ての森羅万象《いきとしいけるもの》へ。

蒲生貴弘

**著者プロフィール**
**蒲生 貴弘**（がもう たかひろ）
1985年2月19日生まれ。
北海道在住。

## ゆめいろのほん

2002年12月15日　初版第1刷発行

著　者　蒲生 貴弘
発行者　瓜谷 綱延
発行所　株式会社文芸社
〒160-0022 東京都新宿区新宿1－10－1
電話 03-5369-3060（編集）
03-5369-2299（販売）
振替 00190-8-728265

印刷所　株式会社エーヴィスシステムズ


ISBN4-8355-4653-9 C0092